amuletos de prosa e verso

amuletos de prosa e verso

. lindsey rocha lagni

KOTTER
EDITORIAL

PREFÁCIO

por Assionara Souza

Lindsey Rocha Lagni lança em 2005 seu primeiro livro, *Nervuras do silêncio*, e abri-lo novamente hoje só confirma a potencialidade da autora em criar metáforas que levam o leitor ao lugar exato onde a poesia reside, sua morada, seu refúgio. Mais de uma década depois, e com toda generosidade em compartilhar com o público escritos que surgiram dessa travessia, a autora nos oferece seus *Amuletos de prosa e verso*. Vemos aqui uma voz carregada de vivências. Os caminhos nem sempre se mostram simples, é preciso pousar os pés com cuidado, compreender a natureza da pedra

Porque dentro havia pedra
Pronta a se atirar

e a partir daí atingir o lugar onde, dessa mesma pedra, escorre a fonte. Aliada à voz poética de Lindsey, são convocadas outras ancestralidades. Forças da Deusa que habitam a natureza das coisas vivas. O que é gerado no ventre úmido da terra e em direção à luz mais pura avança suas raízes entrelaçadas e irmanadas aos ventres de muitas mulheres

As mães, vós e filhas. As netas. Sobrinhas. Cunhadas. Vizinhas.

As experiências constroem entrelaces, fios tecidos pelos dedos longos da aranha (com a geometria exigida dos que estão atentos, dos que não se distraem em meio ao turbilhão de estímulos descartáveis) resultam na coleção de amuletos recolhidos ao longo desses anos. É possível, a quem conhece a autora, reconhecer um percurso biográfico. O que nos faz perceber que a literatura é mesmo esse resíduo sutil do que foi vivido com a máxima intensidade. Do espinho que nos feriu, o vermelho sangue estourando à flor da pele, os olhos atentos à outra natureza da flor: tanto pétala quanto faca. O olhar minucioso da autora não despreza o mínimo percurso das formigas

> *Mil saúvas, rebolando em formigueiro (...) trabalham, carregam letras. de ponto em ponto, me cavam, me formam túneis.*

Além desse olhar microscópico voltado a todo o trabalho invisível tramado por seres minúsculos, a poeta volta os olhos às coisas frias que, tocadas de existência humana, agregam em si um simbolismo particular, como se esses objetos carregassem em si o espírito dos seres que alimentaram os dias dessas manifestações: a casa, a biblioteca, o lixo que se acumula com os dias *"O amaciante. A bicicleta. Algumas roupas. A máquina."* Tudo isso envolto no novelo que se inicia à flor da pele, nos olhos, e se encaminha ao coração, ao ventre, às formas íntimas do sentir que faz sentido. Faíscas, cintilações desses *Amuletos* ressoam em textos lúdicos que são verdadeiras canções, brincadeiras de roda (trata-se, afinal, de um livro que elege o círculo como figura principal. O que não se fecha, mas se alarga nos encontros e nas revelações imantadas dos patuás). Vozes que chegam das ruas e adentram o ambiente da casa, afetando sua rotina, despertando memórias. Exigindo que a poeta largue o que está fazendo e se acomode no recanto morno onde o ovo poético está prestes a quebrar a casca. A canção devolve ao dia sua resistência

> *Canção, me encanta um plebeu*
> *Terno de trapo*
> *Olhar descalço*
> *E o passo de Odisseu*

Alguns poemas festejam os amigos, os amores. São nomeados os modos de ver que a escritora dedica àqueles com quem convive. É interessante ver-se despido ao olhar poético. Talvez desperte um desconforto, talvez a surpresa de tão inusitada tradução. A licença poética extravasa espaços da realidade, permitindo que *"ondas da tua voz que mergulha fundo"* cheguem aos nossos ouvidos destiladas pelo poder desses *Amuletos*.

Se em *Nervuras do silêncio* uma das narradoras (sim, permanece essa presença fêmea no comando desta escrita, suas adestrações) adverte a sua irmã o mantra: *"Não permita que te esmaguem"*, aqui, ora os escritos são lançados como búzios, revelando um destino vivido e por vir, ora são fortes chamados para o despertar feminista: a sororidade dessas mulheres dispersas no mundo, desde a bruxa queimada em labaredas até a santa, seus mantos, os artifícios ecléticos de vivências religiosas que não se excluem, mas se somam em cantos vigorosos vindos de África e de outros cantos. Como o belo

> *Mandinga de amor(t)ecer*
>
> *Meu telhado é colorido*
> *Protegido pela mão de Oxumaré*
> *Minha casa é de água*
> *Mergulhada em cabelos de mulher*
> *(...)*

Atém esses *Amuletos de prosa e verso* em volta de seus dias e permitam que a poesia de Lindsey Rocha Lagni atue nessa frequência em que a palavra se converta em signo mágico, oferenda, canção. É assim que eu sinto. É assim que deve ser isso de escrever e querer encontrar esse outro ausente e tão próximo que atende pelo nome de leitor. A sorte está lançada. Ainda que se saiba que *Um lance de dados jamais abolirá o acaso*.

Para minha família

Porque dentro havia pedra
pronta a se atirar
sobre o homem
Dentro havia fonte
certa ideia do inesgotável
Se atirava contra
a própria face
da mulher...
Havia uma súplica
de coração duro:
— Planta-me agora
e planta-te ao meu lado!

Deitada na grama a mulher de cabelos pintados. Deitada. Os cabelos de fogo no verde. E a formiga no pé. Deitada e pelada a mulher muito magra. De seios bonitos. Grandes demais. Na cama espaçosa. Respiração meio brisa. Chuveiro ligado. Casaco no chão. Deitada no asfalto a mulher que morreu. Não mais a mulher, mas sim a pergunta. E a poça de sangue. E o filho pequeno. E a pele um papel. Deitada na praia a mulher bem morena. Pulseiras de palha. Biquíni normal. Rio de Janeiro. Deitadas na rede as gêmeas coloridas. De olhar quase moça. Uma de cada lado. E as bocas vermelhas. Segredos e sonhos. Não mais as meninas, mas sim a mulher. E o ventre na pele. E os passos de susto. E a pressa assassina. Deitada na sala a mulher bem mais velha. Ofício existir. Olhar de criança. Palavra de garça. Bengala de açúcar. Deitada na roda a mulher feiticeira. Sopa de miçanga. Língua de aguarrás. Não mais o feitiço, e sim a garota. Exposta nas flores. Nascida dos berros. Tombos de nenê. Deitadas na noite as mulheres-morcego. Cabeças pra baixo. E as preces e as rugas. Rosários de histórias. Prontas pra chorar. Deitada em néon a mulher já bem cega. Sozinha de si. Gosto impenetrável. Rua sem saída. Deitadas no tempo as mulheres de laços. As mães, vós e filhas. As netas. Sobrinhas. Cunhadas. Vizinhas. Deitadas nas colchas de filmes antigos. Tricôs de titias. Amigas. Amantes. Receitas de noras. Tortilhas. Amoras. E chá de canela. Deitada na pedra a mulher-cachoeira. O abismo. O encontro. E a prima distante. Deitada em si mesma a mulher. Tua irmã. A alma entre as pernas. O espelho no peito. Mamilos corados. E o dom de nutrir.

Teu sono brilha
Por dentro
Como se o mundo todo
Dormisse

Quando acordas
Nem te lembras
Das salamandras
Que te viraram
Do avesso

E vais, assim,
Por todo o teu dia
Esquecido das fagulhas
Que te embalaram à noite

Como se nem tivesses morrido
E, de novo, amor(t)ecido
Pelos teus próprios vulcões.

atravessamos um gosto um desejo um grito um gemido uma ponte. abrimos a maçaneta de veludo rosa. encharcamos nossos pincéis de pessoas — basta algumas tintas primárias, o resto a gente preenche com sombra. nossos olhos de lince fotografaram margens e profundidades até chegarem aos aposentos: mundos aprisionados.

basta respirar pra espatifar no chão — olhar a mancha e engolir a seco. fundo... lá no fundo — partes inomináveis de nós.

aos nós enfim desatados! à ata! à proclamação! bem sabia o fruto da ateira que a saúva é cortadeira. carrega, pelos canais, as folhas, o verbo, o cais. formiga é sinal de mudança — já dizia minha avó. um brinde a toda criança! que corre, esfola e não cansa! vira estrela! cai de quatro! cambalhota! cabra-cega! se vira no esconde-esconde! se torce no esconderijo! que a vida é pista de skate! — e haja joelheira e manobra — se inclina! se agacha! um tubo! um looping na direção!

e volta e meia eu cantava com a voz de mil cigarras. jogava palavra ao vento. dormia, ria ao relento. mas nem por isso eu deixava de me prover para o inverno. atada em solo, papel — uma linha, uma carreira. hoje mil saúvas, rebolando em formigueiro. rebolam rumba, lambada. trabalham, carregam letras. de ponto em ponto me levam, me cavam, me formam túneis. um brinde a todos que ficam! aos gritos todos quebrados! aos tombos de escavação! um gole de vinho ao passo! que eu passo bem passarinho... não faço mais coleção.

Descaminhada
deixei pegadas ao teu exército
vulcões, crateras, covas no rosto
Oh, círculo, indecorosa curva,
amamentada Lua
via de mim...
Por que a lava
se depois a pedra?

E eu aqui dentro da bolha do teu sabão
Meu olho espelhado no contorno esvaziado da mão

Tão etérea e paralelamente carne
Beijo sombra em tua sombra frágil
Beijo sombra em superfície terna
Cor cascata bolha
Língua gloss

Entrelinhas ternas
Entre minhas pernas

E eu aqui dentro da bolha do teu sabão
Meu olho anuviado
vil
vazio
entre minhas pernas.

INDIVIDUAL

Jogo um dado
E cai-me o dois
E o dois que me foi dado
Pode não cair depois

Mas no dado poderia
Cair-me o um
Em vez do dois
Mas o dois eu bem queria!

Porque disse!
Cai-me agora o próprio um!
Absurdo pra quem visse
O pontinho solitário desse um!

Atirou na mesa a vida (um saco de feijão), espalhando as mãos em palmas de um público particular. Não pensou em temperos antes da escolha dos grãos. Excluiu simplesmente os carunchos porque não servem à fome. Transbordou junto à água os aplausos. Escorreu, junto ao pó, bastidores. Não tombou no azulejo em deslize porque raízes nos pés sempre em broto... Regulou da panela a pressão (o tempo que se demora em fervuras, trajetos que lentamente macios).

eu aqui novamente dentro desta bolha. uma pele de água redonda cheia de gemidos brilhantes. e depois a gente passeia as línguas nas paredes latentes — estrelas cadentes de bicos de seios. vertentes lambidas não mais que néon.

você viciará em mim de tal forma que qualquer pele onde encoste será eu. qualquer mulher pra quem olhe, a mais nublada que seja, terá a substância fosforescente do meu contorno.

as paredes brancas aqui de casa me engolem me apagam me pedem mais cor. o chão entorta sem uma gota de álcool em mim.

ensaio palavras no espanto de entregar-me de bandeja. posso escrever qualquer porcaria em parte alguma e em todo o lugar. apenas uma mulher apaixonada pelo que criou, mais nada. apenas a mesma mulher, soma de muitas. herança. resultado. produto de anos. décadas. minuto.

PLANOS

O espaço, o compasso, digo, a distância de um objeto ao outro. O ar, a biblioteca, o condomínio. O dinheiro. O amaciante. A bicicleta. Algumas roupas. Uma máquina. Sabão. E esta cozinha de armário de gelo e tempero embutido. Taça, pirex, assado, carvão. Loucura de obstáculo invisível, medíocre, quebrável. Chocalho. Entretela. Cortina. Bolo de fubá. Incenso. Comida chinesa. O prato no chão. Ai! A calcinha no box! O desastre gritante, a madrugada, o ibope e a luz sempre acesa. Gargalhadas. Os cacos, os copos, as letras, o cheiro de lavanda. Suspiro. Os livros caídos. O susto. A Chapada Diamantina. As viagens todas na tela da web no mapa na ponta do lápis. Apontamentos de caixa poupança dívida convite. Divisória. Biombo. Esconderijo. Restauração. Lixaremos os móveis, lavaremos as mãos. Riscaremos os nervos com cílios de cactos. Guardaremos no abismo as chaves de fenda. Sem pesar sem nutrir nem girar parafusos. E os malditos espectros? Fora de cogitação! As paredes não existem e o chão derreteu. De forma que o plano é despir os olhos da lupa viciada aqui de dentro. E então... Um degrau sabor Martine com a cereja embelezando o copo. Depois outro. E assim infinitamente.

O SILÊNCIO

O silêncio é difícil porque pesa
E, quando leve te alimenta, é quase sono
E, por ser sono, silêncio já não é

O silêncio é difícil porque some
Entre a folha já rasgada do caderno
E a lembrança do poema inacabado

O silêncio é verbo, por que não?
Pois que verbo é também assombração
Do que, no princípio, não se dizia...
Apenas era...

O silêncio silencia tua membrana
Tua ossada enterrada e esquecida
Teus acordes fazedores de canção
Tua ânsia de dizer sabe pra quem...

Mas se faz, assim, sossegado,
Sem vontade tua ou legado
Quando o peixe para no aquário
Com teus olhos invertidos nele

E teus olhos junto com ele
Somente e boiando assim
Sem água entre tu e ele
Sem nada a não ser assim

E o silêncio diz adeus
Mergulhado em gritaria
Quando a morte diz 'bom dia'
E o peixe volta a nadar

ANEL DE GESSO

Canção, me canta o que é meu
Vestido preto
Anel de gesso
Espelho, amor, Prometeu
Canção, o mundo cresceu

Assina um beijo no papel
Me prova um doce de metal
Que ao fim do dia
Um trago denso
Um lenço e penso em você

Canção, me exclama o que é meu
Cheiro Jean Paul Gaultier
Um gole de Cabernet

Deitada na água da calçada
A cor de um quadro de Monet
E a minha vida pincelada
Na tela de quem nem me vê...

Canção, me encanta um plebeu
Terno de trapo
Olhar descalço
E o passo de Odisseu.

abençoado seja meu desejo e as coisas coloridas que dele brotam. porque tudo agora é verde, minha seiva te derrama. porque tudo agora é simples, um sorriso venta no peito. e não há, enfim, nada a fazer além do regar os lábios. saber das imagens que jamais verei por dentro dos gomos fechados do teu rosto. mas porque tudo agora é sonho, voar com raízes nas asas.

é da garganta. de lá é puxado um fio que se estende à testa. percorre meu corpo por dentro da concha do teu. a trama toda pedindo nós desamarrados. o tecido da testa então é dobrado, várias dobrinhas costuradas por uma agulha interna. rugas arrematam o que não volta. são espasmos bordados no canto do olho. das orelhas à nuca a agulha rasga a carne morna. a pele cora. uma seda que tinge e alisa o arrepio do tempo. as veias do pescoço abrigam a velocidade de um sangue cheio de grito. saltam verdes, enoveladas. tudo por dentro. o que está fora não posso ver. virei do avesso e vejo camadas de morte silenciosa tricotando o céu de Fênix. nele, tudo o que tenho em ponto cruz (minha prece. meus pertences. o pouco o muito o mito de mim). busco lá fora meus enfeites, busco longe e trago pra cá. em tessitura artesanal de gestos, revirei minhas caixinhas e havia traças. peguei na tua mão e te levei ao sol para tirar o mofo do coração. cortei o tecido doce do que se engole a seco. engomei tuas camisas-nuvens. te devolvi tear. é da garganta. essa agulha que costura o de dentro é o pilar, o pára-desmanche, a sobriedade restante. o fio é matéria-prima, o novelo do que se foi, do que se pode enrolar para nunca esquecer e, de repente, ser brinquedo de gato. memória — o fio que me percorre agora. da garganta ao coro cabeludo para os dedos dos pés. alavanca para os próximos passos.

VARAL

É chegado o dia da benção:
os monstros já podem deitar
e, se tocados, desmancham...

Dá-me teu anjo de pedra
para banhá-lo no ar
e terás sempre uma asa-reserva
no zíper
no canto da boca

É chegado o dia do esquecimento:
virado do avesso
torcido
ventado por dentro dos tombos
pendurado no varal

É chegado do dia dourado:
o trigo do conto de fada
a moça sozinha a correr

Escolhe, então, tua arma,
joga a corda
"mire veja":
a tua mão, numa pega
escala abismo e montanha
ergue um copo de cerveja.

Modela tua perna mais torta
que as casas espiam os homens
e os monstros precisam dormir.

Esparrama teus sonhos macios —
um corpo entregue de gato.
Acolhe, molda teu cio

em almofada multicor.
Fura, arranha molduras
que não te ronronam mais.
Vive o bigode do tempo
que o pelo cinza das horas
demora (e) terna lambida.

Há dias que peneiram a vida. Fazem do encanto uma escolha. Amanhecem como camponesas gordas, de lenço vermelho na cabeça. Jogam ao sol nossos últimos grãos de sono e os resgatam, para que dourem na esteira das horas. Há dias em que o jogo de luz e sombra é a dança do entardecer.

Ao correr na praia, a cada passo que se dá, mais fôlego se tem para tingir de espuma o suor da noite. Para e olha a coruja branca, pendurada no ar, asas paradas como se invejasse a Lua, como pingente, amuleto de Deus. Prende, então, meu amor, com feixe de estrelas, tua dor. Mas escolhe aquelas que já não existem, para que, cadentes, teus temores virem fogos de artifício.

Há dias que escolhemos pra nós, que pendem na lembrança madrugada adentro. E esta chuva de agora nada mais é do que um plágio da tempestade — traz de volta os segredos que escondemos no gemido rouco do mar, esculpe corpos tremidos ao som da vidraça, rasgando a cortina do tempo, quebrando a ampulheta do beijo.

FIASCOS

A vida em fiascos
O olho do espião
Puxa e levanta o barbante
Caído no chão...

Um fio de cabelo
A lã do novelo
Uma canção...

E arrebenta
Em vários traços...
Não:

Fiascos.

é tua mão quando percorre mais que o corpo
é tua mão quando amanhece em nós explicação
nenhuma
apenas toque
toque em pálpebra fechada
vinha tinta de pupila diluída
linha torta de ventre fechado que claramente aberto
é tua mão quando arrebenta em fio de orgasmo
cordas gemidas de trilhas sonoras

Me deixa amar sozinha
porque em dó
Te fiz toda minha música
Te quis dono da palavra
que te dei
Mais que isso:
dei-te a mão
em vão
tremida
E meu sorriso
esboço de uma vida
Em ti plantada
Me deixa amar assim
enluarada
Saga de mim mesma
pra eu sonhar
que um dia te encontrei
Me deixa amar sozinha porque sei
que a ternura dos teus olhos
no meu sonho
é o real sob medida em minha vida

OFEREÇO:

Lábios serenos tamanho silêncio quando as conversações resultam alegremente inúteis.

Pele grafada com uma tinta que sabe o quanto a palavra foi pensamento antes de se derramar.

Dos olhos, o cristalino soberano que permanece... permanece... continua...

Versos lapidados em braile especial de sentidos
Que me fazem simplesmente entregar... Já que domínio já não tenho amplo em esconder mais nada.

ANÁLISES

Não há critério
Não há mais como
Desse mistério
Tirar um gomo

Da fruta amarga
Eu não sei como
O sabor não larga
O suco do gomo

A fruta amarga
Que agora como
De mim não larga
Sou só um gomo?

Em tempo amargo
Da casca eu como
De mim não largo
Sou mais que um gomo.

Ah... meu castelo de trapos dormidos
Minhas letras bordadas de adeus
Quantas linhas deixei de puxar
E esse cheiro de mofo no ar...

Ah... minhas fotos tão mortas, caídas
Pelo chão de ladrilhos sem cor
Quantas cartas manchadas, sozinhas
De palavras que eram minhas...

Ah... quem sou eu senão o que sinto
Quem sou eu deixando de lado
Feituras, bordados, rabiscos
E o meu cavalo alado?

COREOGRAFIA

Seu descompasso com o mundo chegava
a ser cômico de tão grande: não conseguia
acertar o passo com as coisas ao seu redor.
(Clarice Lispector)

Afoga. Fogo. Afogamento. Mosquitinho. Vento. Balaustre. Cansada de não encontrar a palavra certa, sai sem voz do apartamento. Respiração peito acima. Frio grudado no cabelo. Janta não tem. Comida não faz. Que som que tem isso? Apelo bem simples de quase colapso: meninos meninas e os sinos de igreja. Cápsula. Pedra. Garrafa. Boteco. Pretume sincero. Nebulosa. E agora o tom! E agora a estaca: corrida de feno, beijo, soluço. Tacada embolada tontura ressaca. Risada pausada. Um gole pro santo! Gravidade por toda atmosfera. Acende. Pende. Ancoramento. Dobradura. Vaso. Pincelada. Cansada de procurar a palavra certa, planta a voz no apartamento. Respiração peito abaixo. Fio trançado, novo apelo. Campos de arroz. Carrinho de mão. Que som que tem isso? Enredo de milho, buquê e açafrão: agulhas chocalhos e os leques e os búzios. Begônia. Lírio. Orquídea. Gemada. Enxame de abelhas. Cachoeira. E agora o tom! E agora o passo: passeio de remo, beijo, soluço. Mosaico embrulhado broxura presente. Sorriso contínuo. Um brinde bordô! Descompasso por toda atmosfera.

Sustento aberta
a ferro
tua janela de incertezas
Deixo a chuva percorrer o vão
o taco embolorado do meu chão
Eu, vítrea, enferrujada
ou nada
para a vista do teu céu raiar
a luz concreta da manhã

Mas que engrenagem absurda
fazer parte
da janela
de você
sonhando vitrais coloridos
por trás da veneziana
sem abri-la...
sem abri-la...

deixei pistas por toda a rua, rastros de amor nas frestas do acostamento. abri a janela a cortina a salamandra o vento o cotovelo o sangue o vinho o tempo e uma nuvem roxa de tanto esperar. vez ou outra o que me salva é a mão — dedos, feixes, engrenagens, alicate. meto a língua em argilosa modelagem te fazendo um ramo bem bemol. vez ou outra ligo o grito em prol da afinação, pois não me basta um tom, pois não me basta um tom. e não me basta um queixo tão quadrado e o teu corpo exausto do meu lado e nosso trago cinza adormecido.

noite passada, enquanto a lua amortecia o vidro, eu pegada por ter sido solo. eu levada embora no teu colo.

um móbile de geometria torta
um cadarço pra te pendurar
assim te faço
em dobradura, um laço
e o vento que me corta
um traço:
enfeita um beijo circular

PARQUE DE DIVERSÕES

Gostávamos mesmo era do parque de diversões
Aventuras seguras; travesseiros e vidas de penas
Flancos ilusórios de sabor
Deformados na casa dos espelhos
E como é ilusória minha sede do passado!
Como crianças cavalgando em círculos...
Onde estão as montanhas?
O gramado verde-musgo dos bosques?
Tão tenro...
Por que colado está o cabelo do cavalinho
Sem que esvoasse sequer um fio?
Em que castelo alguém um dia viu
Um puro sangue de cabelos cor-de-estrela?
Talvez fôssemos pássaros novos
Desprovidos de instinto, de olhos internos
Penas boiantes, cordeirinhos com asas
Muitos se foram
Alguns, num voo razante em negros céus
viraram abutres
Abutres nascem a todo instante...
E de tudo se encontra em nosso parque
A flor roda-gigante
Lagos de crepom azul-esverdeado
Paralisados peixes de silêncio
Polvos, grilos, cavalos
Cada qual com sua pele de tinta...

Chego hoje ao meu destino: despedida
Prego em ti meus versos tristes de ir embora
Porque um dia, assim tão simples como agora
Te entreguei minha palavra de menina

E de tanto que em meu canto te esperei
Veio a estrada me tirar para dançar
Na bagagem levo um beijo que não dei
Tua boca me dizendo quase nada

Um caminho, por favor, uma parada
Que abrigue essa menina, essa senhora
Que percorra o itinerário do meu peito
Congestione esse desejo de ficar

PERDA

a cada pessoa os olhos são
mais e mais distantes do mundo

a todo encontro uma alma tola
rasgando aconchegos
com torturas de algo mais

(quando era só aquilo...)

a cada frio nenhum conforto
como a lareira do teu peito

em todo verso uma vergonha
inclusa numas vírgulas,
nuns descasos,
nuns soluços de ninguém mais
que eu.

OBJETOS

Para Assionara Souza

Essas conchas já não são do mar. Fazem da estante um lugar melhor para se estacionar livros. Convidam à ignição. Eu sorrio e te acho sábia. Entro na tua onda de cabeça como quando fui campeã de natação. Depois, planando sobre a areia, minhas águas vão junto, em segurança horizontal, esperando a arrebentação, contornando peixes. Entrando neles. Saindo deles. Eles. Nadadeiras do avesso. Há em mim prédios deitados numa altura talvez nunca prevista por teu surfe suicida. Uma certeza. Um descaso. Um distúrbio. Minha boneca cor-de-rosa-castanha — roupa nua fazendo frio, riso em deus maculando santas, casa sete com chama em marte —, não há por que te fazer homem ou mulher, boiar veias nos teus braços como se houvesse um corpo, encher de balde o vazio de um poço, sentir senzala quando japamala.

Eu não fico triste, porque em Paris nada é brega. Lavo roupas no tanque do teu peito malhado de Judas, absorvo a dor antes que os olhos me vazem fé, conservo anjos porque subi em árvores aos dez anos de idade e posei pra fotografia. Ainda agora a neve foi praia, e a torre Eiffel trago demolida inteira no meu cinzeiro. Mas não fico triste, porque dou a partida com tuas coisas envoltas em papel brilhante, letras floridas arrancadas do pé.

Ontem, enquanto minha língua arranhava uma canção desta cidade em festa, nos braços de um dandi te fiz balé. 1,2,3,4...1,2,3,4. Saia de tule, cetim no tornozelo, *ame solilitaire, son fantôme dans l'air danse comme um flambeau*, girando no assoalho das palavras que roubei dos outros e lustrei pra ti. Ontem, enquanto meus lábios bêbados derrapavam nos gargalos de tantas Cecílias, vi um anjo torto, no canto de um bar, chorando o sangue das uvas. Dizia que sou boba, que cascas de ouriço não são conchas. Mas eu só ouvia ao longe a maré subindo, baixando nas costas do Atlântico — ondas da tua voz que mergulha fundo...

seis da manhã de domingo. nunca acordaria naquele horário não fosse a enorme lua cheia lá fora. majestade dando ordens por trás da vidraça. com tanto sono entre os cílios, difícil acreditar que fosse mesmo a lua. quase um grito. abriu os olhos e virou o corpo, atendendo ao chamado. sem domínio nenhum sobre os lábios, sentiu o sorriso dado em oferenda. travaram uma espécie de conversa mágica. a hora morta. e foi aí que o dia nasceu. ficou decretado que os dias só nasceriam após o sorriso de um artista.

De vez em quando
A mágoa morre
É quando plantam
No olhar do magoado
Raminhos de perdão
Silenciosos
Raminhos regados
Com sussurros
Sussurros de um sonoro
Arrependido

eu hoje pura volúpia no escuro. bonita, cega, lampião de destroços. troco o macio do colchão por qualquer coisa em tábua. declaração de costelas tortas. doídas voltas sem poder dormir. meu chapéu não existe. minha cabeça rolou. voou meu castelo em seis retas. eu hoje palhaça na serração. o nariz nem brilhando. a risada na palma das metas. cambalhota sem picadeiro.

REENCANTO

Vi teus passos
De costas indo
Vi, andando, você
De costas
Vi, no embora,
Sonhar de volta...

Ia (embora para casa
fosse tanto desconforto...)
Digna de uma foto
A imagem
Que eu te vi

De quem suporta
A leveza
De uma morta
Renascida em ti

Tem gente que basta um tombo pra nascer
Tem gente que bem no dia da estreia tropeça,
cai e quebra o dedo!
Tem gente que faz jus ao que não veio
Gente que é bem mais bonita do avesso!
Tem gente que brilha sem circunstância
Gente que a vida escancara de graça
Gente que já veio de binóculo
Tem gente assim... meio planta
Tipo bicho de estimação
Tem gente de engrenagem bem frouxa
(E, no entanto, tão doce!)
Tem gente assim que nem sei
Chega na gente do nada... beijando e abrindo
a geladeira!
E a gente quase se assusta... mas acha tão bom!

Boto auréolas nos bolsos para caso de emergência. Carimbo as escadas com coturnos gastos de tanto parar. Chego à mesa do bar. Alguém fala entre aspas enormes que atrapalham o caminho da mão ao cinzeiro. A cinza não batida. Gota de química ao chão. A cor da cerveja. Vestígio de sol. A lembrança da manhã tão dourada com centeio e granola e agora a cerveja. A nuvem da cerveja. A frase embolada rouca da cerveja. E a tontura. Ao longe, a menina na porta do banheiro. O desenho da menina. O desenho da menina-palito na porta do banheiro. A bexiga cheia. As auréolas nos bolsos. Proteção é fazer cara de tudo sob controle. Ir até lá. Carimbar o espaço com olhos gastos de tanto duplo. Madrugada. A bexiga. A hora preta sem poente sem irmão. Baixar as calças em desequilíbrio. Filosofia imunda na parede. Dedos imensos na garganta. O medo. A pasta de beijo, cevada e batata frita. Água na nuca. Fadiga de sangue na garganta. Trago o ar. Mãos tremidas na maçaneta. Ao longe, alguém fala entre aspas minúsculas que enfeitam a xícara de café. A cor do café. Vestígio de manhã. A paisagem de tanta lembrança erguida no espelho do banheiro. As palavras salvas moles do café. E a dor. Um trago lúcido de regresso.

GUIA PRO MAR
(ou O POEMA QUE VIROU SAMBA)

Sombra, nó, catavento
E um verso pra dizer
sem ter de explicar

Assim sem pressa

Dá-me um dia de estrada
E outro pra morrer
sem ninguém chorar

E toca um samba assim
Devagar
Escurecer
Clarear
Maré baixar
Alto lá
Então morrer
Ancorar

Escurecer
Te guiar
Alto lá
Pro refrão

Sombra, nó, catavento
E um verso pra dizer
Sem ter de explicar

De sonho e corda

Dá-me um nó de escoteiro
Um mote de pandeiro
E guia pro mar

E toca um samba assim
Devagar...

Sombra, catavento, nó-de-estrada, encruzilhada,
verso cru,
Caminho só, ninguém morreu!

Toca um samba assim bem devagar, pra que chorar?
Guia pro mar! Pra que dizer que o verso é meu?

Quando a garoa vem cisco
Gota aqui, vestígio d'água
acre lá
Quando vem nuvem
de mosquitinho,
quase ar,
é quando não cai
Vem. Não cai do céu
Espatifa estalidos inaudíveis
na vidraça dos olhos
Vem. Horizontal.
Peste d'água.
Garoa assim, quando vem cisco,
é demônio vestindo pontinhos
brancos no casaco,
arranhando os rostos,
ferindo a paisagem
Dizem que, assim,
quando garoando ciscos nos enterros,
é o pó, o tédio da morte
disfarçado em pranto ralo
E quando a garoa vem cisco em dia comum
É a lamentação do tempo.

acabou que não viu o erro por debaixo do nariz. acabou que não viu a pirueta que, a outros olhos, sujo salto mortal. acabou estúpida lágrima na mesa e diálogo impossível já que o grito bem mais fosforescente e a bebida colérica boneca de pano. acabou que alugou seus dias pra colar papéis em madeira sem lei. acabou convencida de uma paixão planejada. o fio na faca dos encontros que dilaceram o resto. cortam bifes da dama. o giz na ponta do taco encaçapando a dúvida. embaralhada, acabou sem espada sem copa o vinho inteiro no dente uma desculpa sem naipe. acabou que não viu maldade onde havia morte nos olhos que não a viam. acabou em bar amada querida abraçada embebida assustada cobrada odiada por nem um tostão. acabou certamente em desuso. a mudança nas costas a chave na mão. acordou sem certeza de nada. um incenso bem doce um amigo um café. e lembrou não ter visto erro algum, pois quem sabe do amor, e quem sabe da estrada que planta no pé?

Encaixa tua mão na minha
Não para caber-se emoldurado
em meu caminho
Mas para saber-se
molde
de um desejo
em desalinho
(uma pega que me aperta lisa,
uma cega, louca, monalisa)
Uma casa:
a minha palma branca
Encaixa tua mão na minha!

PIÃO

Ninguém mais sabe jogar pião. Ele só canta pra quem enrola firme o barbante. Lança forte. Sem medo. E viva todos os lançamentos de livro pela janela!!! Eu quero ver quem tem a moral de girar no assoalho. Porque cuspir, se esconder, sobressair, até lustrar é fácil. Mas quem é que faz a coisa toda rodar? Ninguém. Tô te dizendo. Não é o pião que veio errado não. Não é defeito de fabricação. É que as pessoas... elas não brincam.

A cor da memória é terra
Semente de entardecer
De cheiros adivinhados
De flor que não se mastiga

Quem dera um romance em trégua
De substância planta
Dois ramos, buquês de iguais.

A BONECA

a boneca, no canto da cama, vive de enfeitar a colcha. só a criança sabe que seus olhos de pano brilham por dentro dos sonhos.

de vestido de veludo e botinhas de cetim, a boneca desfila desejos mais doces que o plástico.

de mãozinhas costuradas pela mão de uma senhora, a boneca de retalhos traz macio o teu abraço.

a boneca ri enquanto a família chora e, por isso, a boneca chora muito mais.

tem o corpo de espuma, os cabelos pura lã, sobrancelhas pinceladas e barriga sem umbigo.

de onde é que ela surgiu? ninguém sabe, ninguém viu, mas existe num desenho, preguiçosa e delicada.

a boneca, quando o tempo passa e ninguém limpa, fica cheinha de pó. parece até que some.

eu não fazia nada, e eles me amavam. amavam a forma entrecortada do meu ser, sem as palavras que um dia escrevi. nada. quase nada do que pode meu silêncio desaguar. mas eles, mesmo assim, me amavam. não foram muitos. foram, enfim, ignorantes das pautas que eu oferecia e que, em minha companhia, esperavam a transparência das linhas tortas tobogãs risadas cachecóis caixinhas ímãs de desapego para sempre mais...

então, um dia, saí de casa inteira miçanga, índia velha no corpo de moça, balançando cores fortes para uns olhos de lince escondidos no meio do verde. lua cheia de mim mais nova minguando e, depois, crescendo para cadernos de música. aí, vi minhas páginas rasgadas na palma daqueles olhos, que as comia sem saliva sem dente goela abaixo ânsia. nem corretivo. nem caligrafia.

então, a capa do meu amor, reprodutor de folhas brancas — nervuras de um silêncio que se engole a seco — brota cartão postal; menos que isso, e-mail... vi a mão daqueles olhos jamais desejando seios. vi as pernas daquele olhar chutar bolinhas do meu papel. vi minha biblioteca queimando embaixo da escada. e senti uma labareda na garganta.

O que temos, enfim,
é um dia abotoado ao outro

O ouro das abotoaduras
não nos permite enferrujar lembranças

E é um botão de flor
o que, de casa em casa,
nos aquece em nítido casaco.

PALCO

"A vertigem não é o medo de cair, mas o desejo da queda, do qual logo nos defendemos, atemorizados."
(Milan Kundera)

Ele me afogou. Há anos eu parada na borda do precipício; as pedras em círculo e quilômetros de queda até chegar ao tombo. O desejo ralentando atrás da orelha, mordendo a madrugada com passos de cão sem dono. Um dia um cascalho frouxo dá sinal de dança depois de tanto sol e lua parados no ar. Uma torção no calcanhar e o pó barulhento do chão abismo abaixo. Formigamento. Pendurada num galho, eu ouvia minha voz, embora os lábios colados com feno e reboco: que o galho se parta! Que o galho se parta! Eco. Não partiu. Escalo o corpo de volta à borda. Mil pés em raiz de solo nenhum, até olhar pra trás.

Um anjo mascarado chorou e sorriu. De suas asas brotaram aplausos. Ele chegou com sua mão e percorreu meu ventre e me embrulhou o estômago e me criou fantoche. Os dedos puxando as cordas — de fantoche à marionete, bailarina, concubina. Minhas pernas costuradas, panturrilhas, sapatilhas. Minha saia de algodão, a palavra de fio preto e a lã do meu cabelo. Ele chegou com sua mão e me inclinou no abismo. E a água transbordou e me livrou do tombo. Ele me afogou porque morri bem antes. Me costurou pra que eu bordasse a peça. Seduziu minha plateia inteira. Destruiu do abismo toda a beira. Eco. Não partiu. O corpo entregue em sacrifício mútuo. O sangue em cena pra eu viver em paz.

confesso que danço pinto escrevo toco violão. confesso que não. que sim. que nada! confesso que pista na estrada. placa. perigosa curva. canto. confesso que planto amendoeira trufa envolta em pó de chocolate e gente. sente. confesso que avanço garra praga trepadeira larva traça bebedeira torta. corta! um flash de ampulheta morta linda espatifada. um trecho da linha da mão. ventre âmbar calo coração. confesso que empregada dama moça puta esposa imaculada fruta beijo baba tara toda minha. confesso vítrea maga magra bruxa fada seiva atriz rainha. ar. confesso respirar pra dizimar meu pente. nega, meu cabelo é puro. furo entorto tente me pegar de frente costa lado trás diagonal do avesso. cresço.

rouca. mochila nas costas. bom dia! bom dia. tomar um café? um suco de laranja, isso sim. vitamina c. enquanto isso, o açougueiro embrulhando um retângulo de carne. eu vou ali na panificadora da esquina. a voz de quem acaba de acordar. óculos escuros na cara dela atordoada apaixonada por ele há meses. fone de ouvido na orelha. a música qualquer coisa inglesa sobre sábado à noite. ainda de manhã, contudo. a rejeição logo cedo pois ele mudo perplexo mal humorado triste gripado. comprando carne pra quê? talvez nada disso. talvez apenas tímido. eu gostaria muito de ir com você, mas não dá. as pessoas encaram as coisas de forma tão... era a primeira vez que ela lhe dava bom dia. rouca. calçada tênis neblina. dia péssimo. paisagem ridícula. vergonha. vontade de sangue bochecha mordida. dor. enquanto isso, o açougueiro olhando pra ela esperando quem sabe um oi. nada. mal educada. de repente visão panorâmica vermelha pendurada em cada colchão mole. morte. náusea. há meses não comia carne. havia um quarto branco um colchão macio e os braços dele em volta dela ali tão perto logo depois daquelas paredes do prédio ao lado. um gole. pálida. meio creme meio sombra a lembrança da madrugada em desperdício e medo. quadro livro vinil televisão e um gole. madeira boa. janela com vista pra lua. uma chapeleira na porta. um gole. histórias de infância foto bebida forte abraço. um gole. vira tudo. frança. marselha. conversa entrecortada ternura rouca amor massagem nas costas. lençol molhado. bom dia! bom dia. vou passar um café. quero suco de laranja. sorriso de propaganda de margarina. depois o som dele no banheiro. a porta aberta. a gata lambendo o tempo no meio da sala. preguiça e sexo. mas não dormiram juntos. engole. NUNCA DORMIRAM JUNTOS. no entanto, quase uma família. saberia ele da construção por trás do disfarce? do desenho dela em papel vegetal os dois simplesmente veneza e vinho? talvez nunca durmam, apesar de tanto sonho. apesar de mãos entrelaçadas um dia e olhos quase dentro um do outro e o dedo indicador dela percorrendo as veias da mão dele e se não fosse alguém chegar... pronto! filhos. há uma viagem marcada para o fim do ano. com quem deixá-los? mamãe cuidará de tudo. sempre. o que vem fácil vai fácil, lembra do que eu te disse, artista. abaixo a tua ironia, amor. samba até mais tarde e muita fome de manhã! ah, então é isso? sim, minha vida é isso aqui. fora as histórias que a gente não vive. que a gente não come. haja vitamina c neste país. vai embora, guria, vai embora. investe na previdência privada. casa comigo me ensina uma oração subordinada ao demo antes que morramos os dois embriagados de amplidão, loucura e férias. rouca. mochila nas costas. imaginação.

MANDINGA DE AMOR(T)ECER

Meu telhado é colorido
Protegido
Pela mão de Oxumaré

Minha casa é de água
Mergulhada
Em cabelos de mulher

Meu caminho é correnteza
Basta um terço
Uma gota só de fé

Meu penhasco é seguro
E eu juro
Que por mais que seja escuro

É também encruzilhada
É um pulo
Na esquina da alvorada

Minha pedra é preciosa
Não se acha, não se compra
Em camelô

Cai do céu na tempestade
Pra saudar e alegrar
Meu pai Xangô

Minha planta é amaranta
Uma santa que enfeita
Minha sala
Meu cocar é labareda
Salamandra
Sete véus e mãos de seda

Que enalteça minha alma
A cigana que decifra
Minha palma

Que acalmem meus ouvidos
Essas ondas de veleiro
Adormecido

O meu campo é de batalha
E é por dentro
É bambu conforme o vento

Minha vela é amarela
Ela canta ela queima
O sofrimento

Oxalá sejam de amor
Nossas vidas iludidas
Pela dor

UM POUCO POR DIA

Aprendo a amar
quando o dia nasce cinzento
e a calçada da entrada de casa
é suja
e a manhã transborda em chuva
encharcando minha asa

Aprendo a amar
quando voo: abutre molhado
limpando da terra o lixo
escoltando de perto o bicho
que um dia o poeta fez homem

Aprendo a amar
quando vejo
no espelho do nosso beijo
o meu próprio coração
inteiro, lúcido e são

Pois que o amor não anseia
o amor não rodeia,
como uma mosca, a comida
Tampouco o amor
entra em êxtase
sangrando, tirando a vida

Não!
O amor não se esconde
nas dobradiças da dor
o amor não responde
ao meu desejo de amor

Aprendo a amar
quando estou

sozinha, no meu lugar
e deixo a hora passar
no vendaval da cortina

Aprendo um pouco por dia
Aprendo, vendo essa gente
Que faz do amor uma sina

Eu cá, comigo, em meu canto
já não me espanto com isso
Ninguém hoje me convence
de um amor tão movediço
que traga e engole, voraz

Eu cá, comigo, em meu canto,
prefiro aprender em paz
do amor, desse acalanto
que o tempo de estrada traz

Escuro, claro, bom, ruim
Em pêlo, pele ou vestido assim
O amor mesmo nem tem rosto
O amor mesmo nem tem corpo

Do amor, mesmo, ninguém sabe:
sente.
Mas quando sente não cabe
de tanta euforia
E aí o amor se confunde
e foge, frágil passarinho
Pois que o amor não se funde
ao medo, no mesmo ninho

São tantas as formas do amor
Mas ele, mesmo, é um só
Se nele, mesmo, não entramos
Como querer defini-lo?
Se nele, mesmo, não vivemos
De quem então é o vacilo?

Aprendo a amar
quando saio pra rua e, vazia,
encho meu peito de flor
Aprendo um pouco por dia
Aprendo por muitas vias.

Cor. Música. Tosse. As lacunas no solo, simplesmente, porque nada liso. Nada plano. Terremotos. Suscetíveis ao transe, mulheres disfarçam pernas bambas. A linha reta, o corte do blazer, o sapato de verniz — o que geralmente é visto disfarça os buracos. Por isso caímos.

A paixão é um tropeço na maratona do tédio. A lição que desespera o aprendiz. Medo, sua herança maior — sem unidade de medida nem para onde ir além do horizonte.

Descanso paralelo à queda. Sono envolto em precipício. Mocinhas lançam olhares de lençol. Obstáculos revestem o óbvio: pessoas ao som da poluição, abraços sem coesão e passos sinuosos num chão que não os sustém.

FÔLEGO

muito cabelo no ralo do banheiro. azulejo ainda molhado condiciona dor. óleo de amêndoas. secador. papel. toalha felpuda macia quase bolo de aniversário. chuveiro novo quente. caro. cara de caridade. (santa caridade!) risada de beijo enorme sem batecão de dentes. uma conta de luz mais cara e uma cara de quem molhou porque tá mesmo na chuva. e gosta. a água quente nas costas conta gotas conta jato. conta. conta pra eles como é raro sair assim não tendo sequer o frio como testemunha! é nesses dias de gelo que ela me disse que mais agradece. uma pequena senhora moça, aquela, a própria mordida na goiaba mais doce do teu jardim. é nesses dias escuros que ela abre as portas de casa e oferece calça, cachecol, garagem. o velho não tem carro e entra pra trocar de roupa. deixa o cheiro de urina, que a garoa perpetua. dormirás assim, curando tua gripe com odores de verdade! grita a hélice esganiçada do aquecedor. e ela dorme. e abre a garagem no dia seguinte outra vez. cheiro de urina, excremento, sangue, lágrima. também tem chuveiro quente, óleo de amêndoas, cobertor, risada. mas não tem a amargura dos que fomentam parada indignação. com eles é sempre assim. piedade. raiva. impotência. palitos de dente. se não der para mexer um pauzinho, mexe um palitinho, mas não deixa ele aí no canto da boca, como quem ralenta a anarquia no sofá da sala. vai, figura revolucionária! deixa de bufar discursos pelos cotovelos! já diziam os sábios gregos, ou turcos, ou índios, que palavra demais faz o bolo desandar! busca fermento no creme dental, pra que teu sorriso te salve da montanha de neve dos corações! espelho embaçado. andam varrendo o mundo. muita gente morrendo. varri a casa toda hoje, amor. li que os orientais varrem o espaço de trabalho como meditação ativa. de vez em quando eu ponho um incenso, daqueles bem fortes, que é pra tirar energias negativas. papel dobrado. cabelo no lixo. pra onde vai tudo isso? isso aqui cheira tão bem. conta. conta pra eles como é preciso ter fôlego para o silêncio.

Sonhou que tinha saído definitivamente da fotografia. Tudo começou com um leve formigamento do dedo polegar da mão esquerda. Era canhoto. A partir daí, a coisa foi tomando forma — com o corpo todo dormente, ouviu as cordas do violão vibrarem além do papel fosco (sem margem). Há anos segurava o instrumento, focando a música na pestana. E agora isso: acordes e dedilhados à solta. As sobrancelhas, em sol, sustenidas pelo prazer de estar, finalmente, dentro do tempo, emolduravam olhos nada vermelhos. Passados alguns dias, após o reaprendizado de todas as necessidades humanas essenciais, acompanhado de flautas, pianos e sofistas de toda ordem, foi cegado, momentaneamente, por um flash. E, na distância entre o abrir e o fechar das pálpebras, questão de um segundo, foi que escolheu não mais acordar.

Quero falar da impermanência das coisas. Querer falar já é falar. Falo deste segundo que destrói a si mesmo, de nossos e de todos os momentos que já nascem mortos pela lei da vida: o tempo (que não existe) contém a morte e o nascimento dentro de si. O momento lembrado é também já morto, nascido outro e nascido morto. Palavras. O alcance delas. Quero fazer um convite: toque a pele das palavras e sinta a textura presente do que passou. Sinta na boca o doce da alucinação futura. Tentáculos de material sonâmbulo. Vem. O aprendiz de mim será o teu mestre. O corpo é pouco. Não permanece no espaço. As bocas, movimentos, leituras de línguas e líquidos entre as pernas — impermanências. É. Só. Mais. Nada. Apenas folhas caídas de outonos nunca iguais. Haverá outras folhas. Nunca a mesma seiva. Mas haverá a memória, e nela a ilusão da eternidade.

À noite as ondas do mar são filetes brancos que surgem e desaparecem. Olho para você e me vejo equilibrando-me na linha do horizonte entre passado e futuro, assistindo a algumas de minhas ondas ressurgirem em seus olhos: a memória. O encanto. A vertigem. A vontade. Os desenhos que eu fazia na almofada da sala — beija-flores verdes brotando do giz de cera. Também os bonequinhos de palito. Canções de ninar. Tempestades de filme preto-e-branco. Cobertorzinho xadrez vermelho. A etiqueta com o menino segurando a vela. Festinha americana. A onda gigante. O pesadelo com a onda gigante, que vai destruir tudo, mas que não destrói, porque a gente sempre acorda antes. Crianças correndo no bosque com medo do cão de guarda (com medo, principalmente com medo — daquele medo suculento que vai secando na medida em que os corpos se aproximam). O vô cortando madeira na garagem pra fazer mesa. Uma garotinha diante do espelho criando histórias, pessoas, cenários, trilhas sonoras, figurinos, fotografando com palavras a beleza de estar só.

Não. Não vou voltar. Essa vida cheia de negativas e anexos e espasmos implícitos na pele branca... Quase transparente. Eu hoje no ócio. Trabalhando no ócio... Os olhos vermelhos por todas as veias no passeio nos chapéus nos tecidos no acaso. Um alfaiate costura meus dias. Angelical minha presença inúmera. Calcada em versos dissonantes de um desejo mais que escondido. Já não sei se nuvem ou néon. Não sei se unhas compridas. Me disseram que a paixão ofusca o rosto quando os corpos estão longe. Mentira. O rosto tão nítido como quando ponho os óculos pra enxergar o nome do ônibus à noite. Não enxergo os letreiros direito à noite. Não vejo letras sem lentes. E é quando mais escrevo. Não sei quantas taças de vinho. Papos absurdos e planos condensáveis agora mesmo no bar da esquina. Enquanto isso eu aqui. Passos até o banheiro. Deliciosamente tonta. Diria tontas coisas agora. Mas nem vou dizer. Buscar é meio chato. Meu tutor literário dizia: "esperar é uma confortável forma de ser". Então, por enquanto aqui. Não ofereço as coxas na bandeja por respeito aos dias em que fui prato principal. Pesada demais à digestão. Nem pretendo fazer muitos quilômetros por hora. Nada melhor que mãos dadas em velocidade mesma. Sou a moça embaralhada nos filmes da sessão da tarde. Boba. Deixo a caneta estourar nas mãos. As unhas pretas de bic azul. Deixo tingir, jorrar. Esperar nem é tão confortável assim...

PALAVRAS PARA PROEZAS DE SOLÓN
(Salve Pixinguinha!)

Me ajuda a solar só sem dó
Veja só, quanto nó!
Me ajuda e atende essa porta
Que só, aqui fora
Minha alma te entorta
E se acaso você não se importa
Só me espia na fresta do vidro
Que meu caminho é te deixar seguir sozinho
Mas às vezes te cruzar
Como uma guia em desalinho

Só me deixa atar esse nó
Teu presente, tua veia
Me permita fazer tua ceia
E meu passo no céu
Só de asa e de meia
E se acaso não houver destino
Me ajuda e me pega carona
Me leva lá pra onde a bota perde o Judas
Porque o bode expiatório é na verdade o meu amor...

Veja só quanto nó neste fio
E por um fio tantas vezes fiquei
Emaranhada num mar de ilusão
Fantasia de fada engomada sem botão

Mas desfaço, insistente, nó por nó
Colorida e contente, rezo só
Caminhando assim
Te deixando assim
Só solando pra mim

Nossos sonhos deitados no chão
Pisa bem leve pra não machucar
E vê se abre a porta do coração
Nem que seja pra noite embalar essa canção

Nosso fim da história vai ficar
Ao sabor dessa Lua e do refrão

Caminhando assim
Te deixando assim
Só solando pra mim

FILHA

Para Inaê R. L. Salamunes

Pequenina professora
que me olha leve
que me faz do avesso
livre, natural
Minha flor de espada
que me traz batalha
corpo, asa, fada
onda, concha, sal
Quando veio ao mundo
e sugou meu seio
Eu me vi no meio
do seu coração
Hoje vivo ali
pra nunca mais sair
Hoje tenho um lar
Hoje, enfim, eu creio
E o universo inteiro
vem me visitar.

um brinde ao frio! não mais aquele derretimento absurdo que gruda no curitibano um riso estrangeiro-ovo. depois da chuvarada dos últimos dias, as árvores do passeio público exibem nos troncos reflexos do lago. ensolarada, finjo que as águas são limpas, que o petróleo na sombra do pássaro é fosco, ou falho, ou falso. ignoro cheiros em prol da cor e vice versa. ali: o bailarino do teatro guaíra exibe suas pernas-tronco. uma brancura lúdica. corre. nervuras atléticas no pescoço. disciplina macaqueada ao sol. afinal, nada é tão catastrófico assim. alguém senta no banquinho. longe. chego mais perto sussurrando composição própria com posicionamento inédito:

deixei que a chuva percorresse o vão
o taco embolorado do meu chão
eu, vítrea, enferrujada
ou nada
para o raio do teu sol
raiar
a luz concreta da manhã
mas que engrenagem petulante
fazer parte da janela de você...

O que pode a escritora escrever? Poderia a escritora dançar? O que pode, num mundo de entranhas mofadas, a escritora querer? Se querer já não é como antes... Antes fosse de pena e espartilho, ou um mundo vadio de cigarro e salto agulha... Boêmios em flor, sonhos crocantes com sambinha até mais tarde, cerveja e mulatinhas de scarpin. Oh, mas foi-se o tempo e com ele toda a interjeição. Nem se ouve o grito da criança abandonada. Poderia a escritora cantar? Construir, talvez, um barco, desses com convés de aorta forte, e navegar? Rima pobre e rima rica esquecer? Literatos de plantão ignorar? O que pode a escritora escrever? Poderia a escritora brincar? Assim, sem lance nenhum, blogueira bem susse, tatuagem na nuca, milkshake de ovo, sanduíche de atum? Antigamente era mais fácil lavar as mãos. Não carecia álcool em gel. Bastava calar. Poderia a escritora falar? Como pode a escritora escrever? Fazer yoga? Casar? Pois se nunca teve depressão e gosta de Engenheiros do Hawaii! Não toma umas, não dá um teco, não bota banca, não dá palestra! Não tá nos bares, não faz mestrado, não lê pra burro, desinformada! O que pode a escritora querer? E a esta altura do campeonato, como é que pode viver?

Sem a sua, sem a sua, sem a sua companhia...

A FLOR NEGRA DE MIM MESMA

E eu que sempre reguei luzes
vi nascer no meu jardim
A flor negra de mim mesma
Retrato que eu não queria
De repente, tão vazia
Eu, que sempre cheia de arte
De estilo, de estandarte
Eu, que emaranhada de ego
Me mentia com prazer
Agora uma flor escura
Um abismo
Uma lonjura
Já não me agrada o fazer
Tampouco quero pensar
Sou ali, pequenininha
Um buraco na paisagem
E a vida que era minha
Se desfez noutra paragem
Sou o avesso do que eu era
Sou a sombra da magenta
E por estar deste lado
Nesta marcha negra e lenta
Enxergo tudo mais claro
E nada mais me apoquenta.

Armou-se o temporal, mas não choveu. Mesmo o céu quis conter sua rotina embaralhada para, cinza, envolver os camarins. Ferida exposta, o espetáculo sangrou em plena praça pública. E não teve alma viva que passasse e não sentisse, nos tambores, veia, carne e coração. E não teve quem não visse mais que o tédio e, enfim, catasse os olhos embrulhados lá do chão. Teve gente que, de pé, não quis sentar. E quem sentado à multidão não via, é porque havia, na pupila, escuro contemplar. E assim a arte bem corada trouxe em punho uma bandeira. E o vento, a farfalhar tanto tecido, alma boba, trouxe um grito lá de trás... Tantos livros na fogueira, o mesmo impulso; tanto lixo, xeque-mate, cheque em branco, o mesmo vulto. Nos jornais, vídeos, manchetes, clara estampa: desespero disfarçado em bisturi. Planta morta, sombra, blues de pedra-santa. Souvenirs endiabrados, coleções de apagamento. Nenhum traço nos restou do que é semente. Mesmo assim esta cidade para e sente. Mas, quem dera, ao meio-dia, não sentir — clama a pobre Curitiba — engolir no tempo livre os caroços de azeitona. E, depois dos relatórios preencher, sem as pulgas dos bufões, gente cafona, sem a trupe cutucando atrás da orelha, sem ingresso, som, babagem nem centelha, dormir de graça: surda de si mesma. Bastidores à morte.

Guarde na memória o aroma das flores, garoto. Se, por sorte, houver entre os seus alguém com ares de jardim, chegue perto e colha algum sorriso. Enterre dentro de si abraços, beijos; mesmo os imaginários — não construa cercas entre o toque e a fantasia.

Deixe os primeiros passos criarem raízes, mesmo que pareça que te prendem ao chão — saberá depois que são eles o teu ponto de partida: teu impulso para a vida toda.

Lembre das lesmas que você catou e pôs no bolso quando mal sabia andar, do teu olhar que via o vermelho e o negro apenas como diferentes até que alguém lhe mostrasse o sangue ou a noite.

Haverá gente flutuando a teu lado. Gente sem amarras, soltas no vazio de querer tudo sem saber por quê. Gente correndo por todos os lados — gente que até parada parecerá correr. Não se assustarão com teu olhar atônito.

Em toda esquina haverá um pedestal em que muitos desejarão subir para enxergar mais longe, mas suas cabeças, curiosamente, estarão curvadas e os olhos presos ao umbigo por uma fita cravejada de lantejoulas.

Guarde na memória os besouros que você viu lutar, a pomba esmagada na estrada e o cachorro com a cadela e o barulho deles, e o cheiro deles, a cor, a vida. Haverá bichos virtuais de toda espécie mas ninguém poderá te convencer de que há um chip no teu coração e de que basta um clic para te tirar do abismo.

Ame o abismo. Ame qualquer coisa que te tire de um labirinto puro demais, limpo demais, seguro demais, com cheiro de hospital. Entregue-se ao que te empurra à vida. Role na grama sem prestar atenção às meninas de sapatos de plástico cor-de-rosa dizendo "ui".

Haverá mentores — mulheres, homens, crianças, amigos, inimigos, ídolos, livros, personagens, tombos, melodias.

Haverá os que proclamam bibliografias, os que condenam a derrota, o suicídio, a desistência. Esses talvez apareçam com os pulsos cortados ou intoxicados em algum beco sem saída com o qual não contavam. Muitos parecerão sábios — ilustrarão o próprio ser com referências coloridas, epígrafes de néon, calçarão as últimas tendências em aforismos, serão chamados cultos. E essa cultura lhes será tão cara que estampará seu caráter — uma vitrine — com uma plaquinha embaixo: não doo, não troco, não vendo, não insista. E essa cultura não terá jamais o sabor dos sorrisos que não colheram, que ficaram em algum lugar, perdidos, esperando a contracena.

LADAINHA

São tantos os campos desertos
Tanta areia movediça
É tanto buraco sem fundo
É tanto barranco no mundo
São tantos tambores de angola
Milhares de mantras
E tantas, mas tantas
novenas, promessas,
rosários, histórias à beça...
São tantas as ondas do mar
e amores,
e dores
pra gente cantar...
É tanta cor pela estrada,
por dentro,
por fora,
ao redor
É tanta paisagem nublada
Tanta luz na encruzilhada...
São tantos os mortos de sede
e vivos largados na rede
É tanto caminho cruzado
É tanto retrato falado
São tantos os brotos, sementes
Bagagens, talentos, serpentes
Paisagens a perder de vista
Tanto monge equilibrista...
São tantas as nuvens no céu
Tantos barcos de papel
É tanta rima afogada
Tanta planta
Tanta fada
É tanto bicho nascendo
Tanto corpo adormecendo

É tanta colheita perdida
Tanto trampo, tanta lida...
São tantas as trilhas sonoras,
Tanto tempo, tanto agora
Tantos jeitos de ir e vir
E um manto rosado de escolhas
Para a gente se cobrir.

POEMA PARA MEUS MORTOS

Não há relógio
que vingue em mim

Nem tempo
que me brinde
as asas

Não há retrato
que já não seja
o fim

Tampouco
meias palavras

Há somente o agora

E a tinta
da minha vida

Que, embora
tão colorida

Escorre
e dói
na paisagem

Alisa o barro, destaca dele a costela, constrói teu caminho à mão e verbo. Percebe o acabamento dos dias, o brilho de cada maçã, o silvo de cada serpente, o dilúvio de tantas horas — pois no princípio era o fim, e de hoje em diante, semente.

coordenação editorial
Sálvio Nienkötter

editora-adjunta, editoração e capa
Bárbara Tanaka

fotografia de capa
Tati Dellani

produção
Cristiane Nienkötter
Raul K. Souza

Dados Internacionais de Catalogação na Publicação (CIP)
Andreia de Almeida CRB-8/7889

Lagni, Lindsey Rocha
Amuletos de prosa e verso / Lindsey Rocha Lagni. –
Curitiba : Kotter Editorial, 2018.
94 p.

ISBN 978-85-68462-51-5

1. Poesia brasileira 2. Haicai I. Título

CDD B869.1

18-0168

KOTTER EDITORIAL
Rua das Cerejeiras, 194
82700-510 | Curitiba/PR
+55 41 3585-5161
www.kotter.com.br | contato@kotter.com.br

1ª edição
2018

KOTTER
EDITORIAL

Este livro foi impresso em papel avena 90g/m²,
tipologia Calisto MT 11/13,2, no inverno de 2018.